紅噗噗與藍嚕嚕

文／茱莉亞·唐娜森 Julia Donaldson　　圖／艾賽爾·薛弗勒 Axel Scheffler　　譯／羅吉希

在遠得要命星球上，
有個潑波露露湖，
住著一個紅噗噗小孩，
她的名字叫小妮。

在ㄗㄞˋ潑ㄆㄛ波ㄅㄛ露ㄌㄨˋ露ㄌㄨˋ湖ㄏㄨˊ旁ㄆㄤˊ邊ㄅㄧㄢ，
有ㄧㄡˇ個ㄍㄜˋ小ㄒㄧㄠˇ圓ㄩㄢˊ骨ㄍㄨˇ碌ㄌㄨˋ丘ㄑㄧㄡ；
住ㄓㄨˋ著ㄓㄜ一ㄧ個ㄍㄜˋ藍ㄌㄢˊ嚕ㄌㄨ嚕ㄌㄨ小ㄒㄧㄠˇ孩ㄏㄞˊ，
他ㄊㄚ的ㄉㄜ名ㄇㄧㄥˊ字ㄗˋ叫ㄐㄧㄠˋ阿ㄚ比ㄅㄧˇ。

就像所有紅噗噗，
小妮全身紅通通。
爺爺老是告訴她：
「永遠別和藍嚕嚕玩，
他們睡在山洞裡， 還給腳丫子穿衣服，
蹦蹦跳跳像袋鼠！
永遠別和藍嚕嚕玩！」

就像所有藍嚕嚕，
阿比從頭藍到腳。
藍嚕嚕姥姥總說：

「千萬別跟紅噗噗玩，
他們頭上長著毛，
晚上睡的床更可笑，
千萬別跟紅噗噗玩！」

在潑波露露湖裡，
紅噗噗最愛玩水花，弄得全身溼答答；
但小妮玩膩了水花，這天一大清早，
她踮著腳尖，偷偷走開了。

在小圓骨碌丘上，
藍嚕嚕喜歡蹦蹦跳跳，沒一刻安靜；
阿比開始覺得很無聊，
這天一大早，他決定去探險。

小妮在嗚噗啦森林遇到阿比，
森林裡，抓抓摳摳樹長好高，
瓜巴果聞起來好香。
他們用天線握手，玩得好開心，
她說故事給他聽，他為她歌兒唱不停。
他們一起爬到接莓酷酷樹頂端，
採下多汁彈牙的凍凍果。

玩得正開心， 紅噗噗爺爺來了！
他揮著拳頭， 生氣的大叫：
「永遠別和藍嚕嚕一起玩！
他們藍藍的皮膚真是髒！
我告訴過你一百遍：
永遠別和藍嚕嚕一起玩！」

藍嚕嚕姥姥也出馬，大聲說出心裡話：
「千萬別和紅噗噗一起玩，
他們紅紅的皮膚好嚇人！
別忘姥姥總是叮嚀你，
千萬別和紅噗噗一起玩！」

一轉眼， 遠得要命星球
就過了好幾年，
小妮想念阿比， 阿比想念小妮。
一有機會， 他們就偷偷見面，
在嗚噗啦森林中歌唱和遊戲。

終於他們長大了，
決定要結婚。
你猜爺爺、
姥姥怎麼說？

永ㄩㄥˇ遠ㄩㄢˇ別ㄅㄧㄝˊ嫁ㄐㄧㄚˋ藍ㄌㄢˊ嚕ㄌㄨ嚕ㄌㄨ！
他ㄊㄚ們ㄇㄣ簡ㄐㄧㄢˇ直ㄓˊ像ㄒㄧㄤˋ野ㄧㄝˇ獸ㄕㄡˋ！
全ㄑㄩㄢˊ都ㄉㄡ瘋ㄈㄥ瘋ㄈㄥ又ㄧㄡˋ癲ㄉㄧㄢ癲ㄉㄧㄢ，
愛ㄞˋ喝ㄏㄜ黑ㄏㄟ色ㄙㄜˋ茶ㄔㄚˊ，
還ㄏㄞˊ吃ㄔ綠ㄌㄩˋ色ㄙㄜˋ燉ㄉㄨㄣˋ蔬ㄕㄨ菜ㄘㄞˋ！
永ㄩㄥˇ遠ㄩㄢˇ別ㄅㄧㄝˊ嫁ㄐㄧㄚˋ藍ㄌㄢˊ嚕ㄌㄨ嚕ㄌㄨ！

千ㄑㄧㄢ萬ㄨㄢˋ別ㄅㄧㄝˊ娶ㄑㄩˇ紅ㄏㄨㄥˊ噗ㄆㄨ噗ㄆㄨ，
我ㄨㄛˇ最ㄗㄨㄟˋ親ㄑㄧㄣ愛ㄞˋ的ㄉㄜ孩ㄏㄞˊ子ㄗˇ啊ㄚ！
你ㄋㄧˇ的ㄉㄜ腦ㄋㄠˇ袋ㄉㄞˋ糊ㄏㄨˊ塗ㄊㄨˊ啦ㄌㄚ？
他ㄊㄚ們ㄇㄣ喝ㄏㄜ粉ㄈㄣˇ紅ㄏㄨㄥˊ色ㄙㄜˋ牛ㄋㄧㄡˊ奶ㄋㄞˇ，
吃ㄔ土ㄊㄨˇ褐ㄏㄜˊ色ㄙㄜˋ麵ㄇㄧㄢˋ包ㄅㄠ！
千ㄑㄧㄢ萬ㄨㄢˋ別ㄅㄧㄝˊ娶ㄑㄩˇ紅ㄏㄨㄥˊ噗ㄆㄨ噗ㄆㄨ！

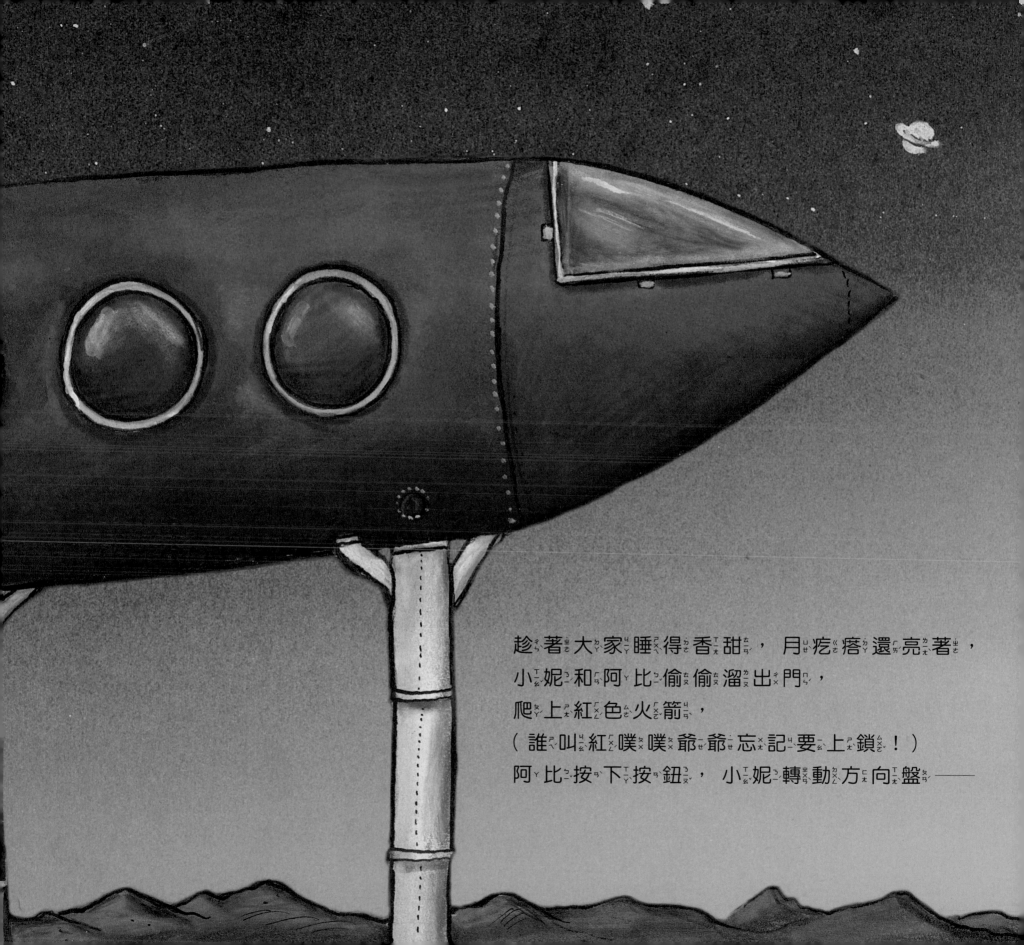

趁著大家睡得香甜，月疙瘩還亮著，
小妮和阿比偷偷溜出門，
爬上紅色火箭，
（誰叫紅噗噗爺爺忘記要上鎖！）
阿比按下按鈕，小妮轉動方向盤——

大家早上醒過來，發現他們不見了！

紅噗噗大喊：「阿比帶壞了小妮！
把她帶到好遠的星球去！」

藍嚕嚕大叫：「小妮帶壞了阿比！
把他從小圓骨碌丘騙走了。」

藍嚕嚕爬上藍色太空船，
回頭招呼紅噗噗：
「快點快點，你們最好一起來！」

於是，他們各個愁眉苦臉，一起飛向外太空——

飛行一陣子後，他們降落在姆噴姆星球，
那裡氣候乾燥，塵土飛揚。

姆噴姆星人揮著長長的手臂，歡迎大家來到，
但是啊，他們完全不知道小妮、阿比去了哪！

下一站是魯卡渦渦星，星球上遍地開滿了玫瑰。
長了小眼睛和長鼻子的野獸，正在努力澆花。

他們去了滿是汙泥的嘎林寶拖把星，

還去了黏呼呼星，滿地都是鼻涕膠。

有一天，藍嚕嚕發現
他們的茶喝完了，

紅噗噗把牛奶分給他們，
是香純美味的粉紅牛奶喔！

紅_{ㄏㄨㄥˊ}噗_{ㄆㄨ}噗_{ㄆㄨ}爺_{ㄧㄝˊ}爺_{ㄧㄝ˙}抱_{ㄅㄠˋ}怨_{ㄩㄢˋ}頭_{ㄊㄡˊ}髮_{ㄈㄚˇ}長_{ㄓㄤˇ}太_{ㄊㄞˋ}長_{ㄔㄤˊ}，
藍_{ㄌㄢˊ}嚕_{ㄌㄨ}嚕_{ㄌㄨ}姥_{ㄌㄠˇ}姥_{ㄌㄠ˙}幫_{ㄅㄤ}他_{ㄊㄚ}修_{ㄒㄧㄡ}又_{ㄧㄡˋ}剪_{ㄐㄧㄢˇ}。

他們飛到史庫路星。
史庫路星人都穿蘇格蘭裙。

他們再飛到卡拉卜星。
卡拉卜星人各個踩高蹺。

他們找了一整年，
又再找了一年整，
但找不到小妮，
也找不到阿比。
紅噗噗說唉呀呀，
藍嚕嚕說唉唷唷，
任務大失敗，
他們決定回家去。

火_{ㄏㄨㄛˇ}箭_{ㄐㄧㄢˋ}掉_{ㄉㄧㄠˋ}頭_{ㄊㄡˊ}回_{ㄏㄨㄟˊ}家_{ㄐㄧㄚ}鄉_{ㄒㄧㄤ}，

沒_{ㄇㄟˊ}想_{ㄒㄧㄤˇ}到_{ㄉㄠˋ}，　一_ㄧ低_{ㄉㄧ}頭_{ㄊㄡˊ}就_{ㄐㄧㄡˋ}看_{ㄎㄢˋ}見_{ㄐㄧㄢˋ}———

阿ㄚ比ㄅ和ㄏㄜ小ㄒㄧㄠ妮ㄋㄧ！

火ㄏㄨㄛ箭ㄐㄧㄢ一ㄧ著ㄓㄨ陸ㄌㄨ， 大ㄉㄚ家ㄐㄧㄚ馬ㄇㄚ上ㄕㄤ跑ㄆㄠ進ㄐㄧㄣ森ㄙㄣ林ㄌㄧㄣ裡ㄌㄧ！
抓ㄓㄨㄚ抓ㄓㄨㄚ摳ㄎㄡ摳ㄎㄡ樹ㄕㄨ長ㄓㄤ好ㄏㄠ高ㄍㄠ， 瓜ㄍㄨㄚ巴ㄅㄚ果ㄍㄨㄛ聞ㄨㄣ起ㄑㄧ來ㄌㄞ好ㄏㄠ香ㄒㄧㄤ。
空ㄎㄨㄥ地ㄉㄧ上ㄕㄤ， 火ㄏㄨㄛ箭ㄐㄧㄢ旁ㄆㄤ，
站ㄓㄢ著ㄓㄜ好ㄏㄠ久ㄐㄧㄡ不ㄅㄨ見ㄐㄧㄢ的ㄉㄜ紅ㄏㄨㄥ噗ㄆㄨ噗ㄆㄨ和ㄏㄜ藍ㄌㄢ嚕ㄌㄨ嚕ㄌㄨ！
（ 他ㄊㄚ們ㄇㄣ當ㄉㄤ年ㄋㄧㄢ迷ㄇㄧ路ㄌㄨ後ㄏㄡ把ㄅㄚ火ㄏㄨㄛ箭ㄐㄧㄢ開ㄎㄞ回ㄏㄨㄟ家ㄐㄧㄚ，
卻ㄑㄩㄝ發ㄈㄚ現ㄒㄧㄢ大ㄉㄚ家ㄐㄧㄚ都ㄉㄡ消ㄒㄧㄠ失ㄕ了ㄌㄜ！）

他ㄊㄚ們ㄇㄣ抱ㄅㄠ在ㄗㄞ一ㄧ起ㄑㄧ又ㄧㄡ叫ㄐㄧㄠ又ㄧㄡ跳ㄊㄧㄠ。
小ㄒㄧㄠ妮ㄋㄧ問ㄨㄣ大ㄉㄚ家ㄐㄧㄚ：「 你ㄋㄧ們ㄇㄣ想ㄒㄧㄤ認ㄖㄣ識ㄕ我ㄨㄛ們ㄇㄣ的ㄉㄜ小ㄒㄧㄠ寶ㄅㄠ寶ㄅㄠ嗎ㄇㄚ？」

小ㄒㄧㄠ寶ㄅㄠ寶ㄅㄠ！ 是ㄕ紅ㄏㄨㄥ噗ㄆㄨ噗ㄆㄨ？ 還ㄏㄞ是ㄕ藍ㄌㄢ嚕ㄌㄨ嚕ㄌㄨ？

都不是！
小寶寶是個紫嗚嗚！

他們都跑來擁抱這個
紅色加藍色的紫嗚嗚，
大家好愛這個新來的小寶寶，
紅噗噗爺爺和藍嚕嚕姥姥
高興的抱在一起！

他們笑著潑水，快樂跳舞，
從早到晚都和小寶寶開心玩耍。
他們為他做沙鈴，教他吹木笛，
還餵他吃接莓酷酷樹多汁的凍凍果。

大家看著月疙瘩，一起哼哼又唱唱，
如果你會哼曲子，也能一起大聲唱：

「和紅噗噗一起玩，和藍嚕嚕一起玩，
喜歡的朋友一起玩。
閉上眼，打打呼，
就能夢到紅噗噗與藍嚕嚕！」

獻給世界各國
的小孩

紅噗噗 與 藍嚕嚕

作者｜茉莉亞·唐娜森　繪者｜艾賽爾·薛弗勒　譯者｜羅吉希

字畝文化創意有限公司
社　　長｜馮季眉
責任編輯｜陳曉慈
編　　輯｜戴鈺娟、徐子茹
美術設計｜蕭雅慧

讀書共和國出版集團
社　　長｜郭重興
發行人兼出版總監｜曾大福
業務平臺總經理｜李雪麗
業務平臺副總經理｜李復民
實體通路協理｜林詩富
網路暨海外通路協理｜張鑫峰
特販通路協理｜陳綺瑩
印務協理｜汪域平
印務主任｜李孟儒

發　　行｜遠足文化事業股份有限公司
地　　址｜231 新北市新店區民權路108-2號9樓
電　　話｜(02)2218-1417　傳　　真｜(02)8667-1065
電子信箱｜service@bookrep.com.tw
網　　址｜www.bookrep.com.tw
法律顧問｜華洋法律事務所　蘇文生律師
印　　製｜凱林彩印股份有限公司

國家圖書館出版品預行編目(CIP)資料
紅噗噗與藍嚕嚕／茉莉亞·唐娜森作；艾賽爾·薛弗勒繪畫；羅吉希譯.
-- 初版. -- 新北市：遠足文化事業股份有限公司　字畝文化出版：遠足
文化事業股份有限公司發行, 2021.09
40 面；28×25 公分　譯自：The Smeds and the Smoos　ISBN
978-986-0784-00-8（精裝）
873.596　　　　　　　110008449

特別聲明：本書僅代表作者言論，不代表本公司/出版集團之立場。

2021年9月　初版一刷　定價：350元
ISBN 978-986-0784-00-8　書號：XBTH0068

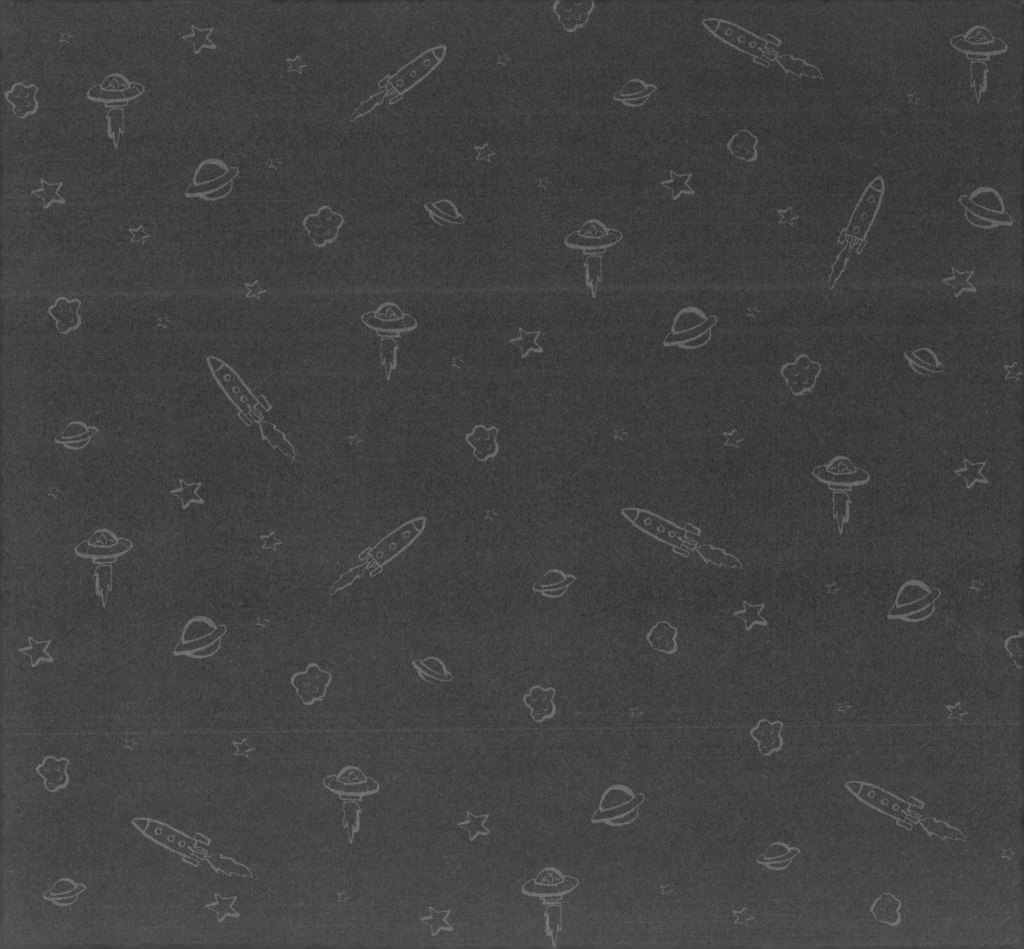